KB197221

말대꾸 끝판왕을
찾아라!

바우솔 작은 어린이 48

말대꾸 끝판왕을 찾아라!
I'm the Talk Back King

1판 1쇄 | 2024년 6월 24일

글 | 서석영
그림 | 김이조

펴낸이 | 박현진
펴낸곳 | (주)풀과바람
주소 | 경기도 파주시 회동길 329(서패동, 파주출판도시)
전화 | 031) 955-9655~6
팩스 | 031) 955-9657
출판등록 | 2000년 4월 24일 제20-328호
블로그 | blog.naver.com/grassandwind
이메일 | grassandwind@hanmail.net

편집 | 이영란
디자인 | 박기준
마케팅 | 이승민

ⓒ 글 서석영 · 그림 김이조, 2024

값 12,000원
ISBN 979-11-7147-061-7 73810

※ 잘못 만들어진 책은 구입처에서 바꾸어 드립니다.

제품명 말대꾸 끝판왕을 찾아라! | **제조자명** (주)풀과바람 | **제조국명** 대한민국
전화번호 031)955-9655~6 | **주소** 경기도 파주시 회동길 329
제조년월 2024년 6월 24일 | **사용 연령** 8세 이상
KC마크는 이 제품이 공동안전기준에 적합하였음을 의미합니다.

⚠ **주의**

어린이가 책 모서리에
다치지 않게 주의하세요.

말대꾸 끝판왕을 찾아라!

서석영 글
김이조 그림

말대꾸 대회

바우솔

머리글

어른들은 말하곤 해요.

"요즘 아이들은 얼마나 말을 잘하고 잘 받아치는지 몰라요. 하는 말마다 톡톡 말대꾸하니 말문이 막히기 일쑤죠. 그래서 말대꾸 그만하라고 하면 이건 말대꾸가 아니라 생각을 정확히 말하는 거라고 또 말대답하니 정말 당해낼 수가 없다니까요."

하지만 다 그런 건 아니죠. 하고 싶던 말을 하지 못해 끙끙 앓느라 밤잠을 설치는 아이도 적지 않으니까요.

이 책의 주인공 서준이도 그런 친구예요.

하고 싶은 말을 하지 못하고, 남이 싫은 소리를 해도 대꾸는커녕 조개처럼 입이 다물어져요. 그러고는 집에 와서 뒤늦게 후회하고 억울해 속앓이하죠.

'아, 내가 왜 바로 그 자리에서 이 말을 하지 못했지? 대꾸해야 했는데 바보처럼 가만있었다니 진짜 억울해.' 생각하면서요.

생각 끝에 서준이는 말대꾸 학원에 가서 말대꾸 훈련을 받아요. 정말 말대꾸 학원이 있냐고요? 그건 책을 읽어 보면 알 수 있어요.

서준이는 수상한 선생님을 만나 말 뽑기, 말 핑퐁 게임, 말꼬리 잡기 등 이름도 희한한 기술들과 말로 자신을 지키고 맞서는 방법까지 배우고 익혀요. 말대꾸 기술은 나날이 늘어 결국 말대꾸 대회에 나가 '말대꾸 끝판왕'이 되기까지 하죠.

맞아요. 사람은 말대꾸할 줄도 알아야 해요. 상대가 괜히 비웃고 비꼬고 놀릴 땐 적절히 받아치는 것도 필요하죠. 그래야 상처도 덜 받고 뒤끝도 없으니까요. 마음속에 담아두지 않으니 오히려 관계도 좋아지고요.

그런데 말대꾸할 때도 지켜야 할 규칙이 있어요. 어디까지나 사람에 대한 예의, 겸손을 잃으면 안 돼요. 거기다 재미있는 유머, 재치 있는 위트까지 보태 대꾸할 수 있다면 더 말할 나위가 없죠. 말 한마디로 세상은 지옥이 되기도 하고, 천국이 되기도 하니까요.

여러분은 주변 사람들에게 천국을 선물하는 친구가 되길 바랍니다. 아, 그러기 전에 우리 말대꾸 학원에 먼저 가 볼래요?

서석영

차례

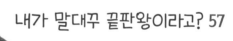 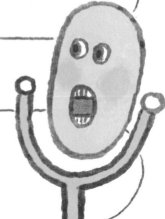

말말말, 말 때문이야

"서준아, 잘 자."

침대에 누웠지만 잠이 오지 않았다. 잠은커녕 지끈지끈 머리가 아팠다.

호민이한테 제대로 말대꾸를 하지 못해서, 영어 학원 선생님에게 싸우느라 늦은 게 아니라고 조리 있게 말하지 못해서, 엄마한테 일부러 학원에 늦게 간 게 아니란 걸 차근차근 말하지 못한 게 후회되었다. 억울해 잠을 잘 수 없었다.

'그 말을 해야 했어. 왜 난 그때그때 말하지 못하고 잠들기 전 침대에서 괴로워하는 거지?'

이리 뒤척 저리 뒤척여도 잠이 오지 않았다.

일어나 불을 켰다. 책상 위 로봇과 눈이 마주쳤다. 눈 한쪽이 없는 로봇과. 그 순간 다시 화가 치밀었다.

'로봇을 이렇게 만든 호민이한테 따질 거야. 이번엔 그냥 넘어가지 않을 거라고.'

어떻게 말할지, 연습하고 또 연습했다. 어서 내일이 오길 기다렸다.

다른 날보다 일찍 학교에 갔다. 마음이 급했기 때문이다.

호민이를 보자마자 쏘아붙였다.

"만들기 시간에 네가 내 책상을 밀쳤잖아."

"내가 일어날 때 내 의자에 네 책상이 밀린 거겠지. 그리고 그건 내 잘못이 아니야. 책상과 책상 사이가 좁은 게 내 책임이 야?"

"암튼 내 로봇이 망가졌고, 학원도 늦었어."

"빨리 만들고 갔으면 될 거 아냐? 난 안 늦었어."

집에서 수없이 연습했는데도 말이 제대로 나오지 않았다.

"너 때문에 눈 하나가 없는 로봇이 됐다고."

"그게 나하고 무슨 상관인데? 너 머리가 헤드빙빙 된 거 아 냐?"

나쁜 말로 공격당하자, 심장이 벌렁거리고 조개처럼 입이 다물어졌다.

"왜 말 못 해? 할 말 있으면 말을 해."

다그치자 더 말이 나오지 않았다. 밤새 준비하고 연습한 말은 어디로 다 사라졌는지.

　"으, …… 어, ……."

　"으, 어가 뭐야. 너 외계인이야? 꺼져. 난 외계인이랑 말하고
싶지 않으니까."

　억울한 걸 따지기는커녕 되레 된통 당하고 말았다. 완전 참
패였다.

집에 오자 엄마가 말했다.

"왜 또 얼굴이 그래?"

"난 말도 제대로 못 하는 바보인가 봐요."

"무슨 일이 있었는데? 엄마한테 차근차근 말해 봐."

호민이와 있었던 일을 말했다. 앞뒤가 바뀌고, 띄엄띄엄 말했지만, 엄마는 다 알아들었는지 말했다.

"그랬구나. 그때그때 적절히 대꾸해야 덜 억울한데."

엄마는 아빠와 고민을 나눴다.

"서준이가 요즘도 힘들어하는 것 같아. 하고 싶은 말을 바로 하지 못하고 집에 와서 억울해하고. 왜 그러는지 모르겠어."

"기가 약한 거 아닐까? 사람들과 어울려 살려면 맞장구도 치고, 적절히 되받아칠 줄도 알아야 하는데 지금 그게 안 되는 거잖아."

"그러게. 말 때문에 상처받는 일이 많다 보니 친구 사이도 안 좋은 것 같아. 뭔가 대책을 세워야겠어."

며칠 뒤였다.

"서준아, 스피치 학원에 가 보는 건 어때?"

"스피치가 뭔데요?"

"영어로 말이라는 뜻이니까 말하는 걸 도와주는 학원이야.
한번 가 보자."

싫지 않았다. 그런 학원이 있다는 게 반갑기도 하고.

학원에 들어서자, 벽에 안내문이 붙어 있었다.

감정 표현, 의사 표현을 잘하는 방법
사회성, 공감 능력을 키우는 방법
발성을 키우고 발표력을 향상시키는 방법
소통의 기술로 자신감을 키우는 방법

……

원장 선생님을 따라 상담실로 들어갔다. 자리에 앉자 엄마는 말을 줄줄 쏟아냈다. 내가 그동안 말 때문에 힘들어했다는 것과 요즘에 있었던 일들까지. 엄마도 나 때문에 하고 싶은 말이 많았나 보다.

고개를 끄덕이며 듣기만 하던 원장 선생님이 말했다.

"어느 부분을 어떻게 도와주어야 할지 알겠어요. 서준이는 제가 특별히 일대일로 지도할게요."

원장 선생님은 내게 얼굴을 돌리더니 말했다.

"서준아, 내일부터 당장 시작하자."

16

말대꾸 학원

첫 수업이 있는 날이다. 학원에 들어서자, 선생님이 말했다.

"서준아, 말대꾸 학원에 온 걸 환영해."

"여긴 스피치 학원……."

원장 선생님은 벽에 붙은 학원 소개 글을 가리켰다. 소통 기술, 공감 능력을 키우는 방법 등이 쭉 쓰여 있는.

"지금 서준이 네겐 저런 거 필요 없어."

선생님은 완전 딴사람이 되어 말했다. 엄마와 상담할 때의 자상하고 차분한 선생님이 아니었다.

"서준이 넌 오늘부터 말대꾸만 공부할 거야."

"말대꾸요? 말대꾸는 안 좋은 것 아니에요?"

"그 생각부터 바꿔. 적절한 말대꾸는 필요해. 내 보기엔 넌 지금 맞장구, 말대꾸, 맞대응이 안 되어서 힘든 거야."

아무 말이 나오지 않았다. 당황하면 입이 닫히는 그 증상이 또 나타났다.

끄덕
끄덕

"……."

"오늘부터 말대꾸만 생각하는 거야. 알았지?"

"……."

강렬한 눈빛에 어쩔 수 없이 고개를 끄덕였다.

"그런데 말대꾸를 하려면 말 뽑기부터 해야 해. 네 가슴속에

가득 차 있는 말을 입 밖으로 뽑아내는 거야. 할 말은 많은데

안 나오는 게 문제잖아. 잘 따라올 거지?"

또 고개를 살짝 끄덕였다.

"사람은 말을 안 하곤 살 수 없어. 그런데 맨날 말 때문에 상처받으면 되겠어? 말로 살아남자는 거야."

"……."

"서준이 너 잠자기 전에 괴롭지? 그 말을 해야 했는데 왜 못했지? 하면서 억울해하고."

선생님이 내 마음을 알아주는 게 반가웠다.

"정말 그래요. 그런데 그거 어떻게 아셨어요?"

"예전에 나도 그랬거든. 밤마다 얼마나 괴로웠는지 몰라. 물론 나중엔 엄청 노력해서 극복했지만. 내가 그런 경험이 있어서 말 때문에 힘들어하는 사람을 보면 맘이 편치 않아. 사실 이 학원을 연 것도 그 때문이야."

바짝 긴장하고 왔는데 마음이 좀 풀렸다.

"자, 어때, 우리 잘해 보자. 파이팅!"

이래도 되나, 하는 생각이 들었다. 하지만 선생님의 진심 어린 얼굴에 어쩔 수 없이 손바닥을 마주치며 말했다.

"파이팅!"

아주 조그맣게. 하지만 속으로 다짐했다.

'오늘 있었던 일은 엄마한테 말하지 않을 거야. 말하면 엄마가 이상한 학원 같으니 당장 끊자고 할 테니까. 선생님을 한번 믿어 보는 거야.'

수상한 선생님의 이상한 수업

'도대체 말대꾸 학원에선 뭐를 배우지?'

기대도 되고 걱정도 되었다.

선생님은 빈 교실로 나를 이끌더니 말했다.

"자, 우리 숨쉬기부터 하자. 짧은 호흡 말고 길게 들이마시고, 배 속 깊숙이 고여 있는 숨을 뱉어낸다는 생각으로 시원하게 내쉬는 거야."

계속 숨쉬기를 했다.

'체육 학원에서 준비 운동을 하는 것도 아니고, 말하는 데

숨쉬기가 도움이 될까?'

그렇게 10분이 지났을까? 선생님은 내 표정을 읽었는지 물었다.

"궁금한 것 없어?"

"이걸 왜 하는지……."

"잘했어. 할 말이 있으면 사소한 거라도 그렇게 꺼내놓는 거야."

선생님은 잠시 말을 끊었다 덧붙였다.

"말은 숨쉬기야. 숨쉬기랑 똑같아. 사람은 숨을 쉬어야 살지?"

"네."

"마찬가지로 사람은 말을 해야 살아. 하고 싶은 말을 하지 못하면 가슴에 말이 고여. 고인 말은 응어리가 되고. 응어리가 뭔지 알아?"

"덩어리 같은 거예요?"

"맞아. 가슴속에 맺힌 덩어리, 응어리가 있으면 얼마나 답답

해. 속이 꽉 막힌 느낌이 들지. 그러니까 숨을 내쉬듯 하고 싶

은 말을 꺼내놓아야 해. 그래야 속이 펑 뚫리고 시원하지.”

선생님은 교실 한쪽에 있는 작은 탁구대로 날 이끌었다.

‘말을 배우러 왔는데 탁구대는 뭐지?’

“자, 2단계로 탁구를 하자.”

“전 못 치는데요.”

"못 치는 게 어디 있어? 탁구공도 공이야. 그냥 공 갖고 논다는 생각으로 던지고 받고 하면 돼."

공이 자꾸 탁구대를 벗어났지만, 그래도 자꾸 하다 보니 조금씩 실력이 늘었다. 공을 맞히는 횟수, 주고받는 횟수가 늘수록 재미가 있었다.

"오늘은 이만할까?"

"네."

"서준아, 혹시 탁구를 영어로 뭐라 하는지 알아?"

"뭐라 하는데요?"

"핑퐁이라고 해. 조금 전 공이 핑퐁 핑퐁 하면서 왔다 갔다 했지? 그래서 그렇게 이름을 지었다나 봐."

선생님은 눈을 맞추고 말했다.

"말하기도 핑퐁 게임이야. 말도 탁구공처럼 핑퐁 핑퐁, 주고받으면 재미있어. 말하는 재미, 말 재미가 보통이 아니거든."

저기···
그러니까
···
내가
생각하기에··

선생님은 숙제도 내주었다.

국어책 한 단원을 큰 목소리로 소리 내어 읽기, 하루 한 번
이상 친구와 눈 맞추고 천천히 자기 생각 말하기, 하고 싶었는
데 하지 못한 말 중얼거리며 산책하기 등 날마다 내주는 숙제
도 달랐다.

숙제하려고 산책을 나갔다. 놀이터 주위를 돌며 중얼거렸다.

"안 돼. 그러지 마. 너 그거 나쁜 행동인 거 몰라? 당장 그만둬."

그때였다. 으앙, 울음소리가 터졌다.

고개를 돌려 보니 모래밭에서 놀던 아이가 울음을 터뜨린 거였다. 나무 의자에 앉아 있던 아이 엄마가 놀라 다가가며 말했다.

"갑자기 왜 그래?"

"저 형이 모래놀이 나쁜 거라고 당장 그만두래. 더 하고 싶은데. 엉엉."

아주머니는 따지듯 날 보며 말했다.

"모래놀이가 왜 나빠? 얘가 너한테 피해를 준 것도 아닌데 왜 못하게 하는 거야?"

"아, 으……."

말이 나오지 않아 더듬거렸다.

'이러면 안 돼. 그럼 억울해 잠을 못 잘 거야. 어서 대꾸해야 한다고.'

"얘, 얘한테 한 말이 아니고요. 음, 제 친구 호민이한테 한 말이에요."

"그러니까 혼잣말한 거구나."

아주머니는 그제야 이해가 되었는지 아이를 달랬다.

"그만 울어. 형이 너한테 한 말 아니래. 그냥 혼자 말한 거야."

"형이 왜 혼자 말해?"

아이는 이해가 안 되는지 따져 물었다. 그러자 아주머니는 내게 미안한지 말을 돌렸다.

"모래놀이 더 하고 싶다고 했지. 좀 더 하고 집에 가자."

하루는 궁금해 물었다.

"왜 이런 걸 해야 해요?"

"이게 다 3단계인 말 뽑기에 도움이 되거든."

"국수도 아닌데 어떻게 말을 뽑아요?"

"하하하."

선생님이 배꼽을 쥐었다.

"국수? 서준이 너 은근히 웃긴다. 유머가 있어. 호호호."

선생님은 웃음을 진정하고 말을 이었다.

"맞아. 네 말대로 가슴에 고인 말을 국수 뽑듯 뽑아내는 거
야."

그다음으로 끝말잇기, 말꼬리 잡기도 했다.

말꼬리 잡기는 특히 재미있었다.

"그게 무슨 말이에요?"

"무슨 말이라니? 얼룩말? 조랑말?"

"저 이제 말 안 할래요."

"그럼 소하든지."

"하하하."

또 웃음이 터지고 말았다.

이상한 선생님이 아닐까 하는 의심도 점차 사라졌다. 믿고 따르게 되었다. 그러다 보니 학원 가는 게 좋았다. 재미있으니까.

외계인이 종달새가 되고

수진이한테 지우개를 내밀었다.

"수진아, 이거."

"뭐야?"

"네 지우개 아니야?"

"아 맞다. 이제 보니 내 것이네."

"네 지우개를 몰라보면 어떡해?"

"호호, 그러게 말이야. 근데 난 지우개 모으는 게 취미라 지우개가 엄청 많거든. 그래서 잠깐 몰라봤나 봐. 어쨌든 고마워. 고아 될 뻔한 내 지우개 찾아 줘서."

"그러면 네가 지우개 엄마야?"

"응, 엄마지. 요것들은 내 새끼들이고. 크크크."

핑퐁 핑퐁, 말이 잘도 오갔다. 탁구공처럼 통통 뛰며 말이 경쾌하게 오가자 재미있기도 하고 기분이 좋았다. 지우개를 돌려준 것뿐인데 사이도 좋아진 것 같고.

호민이가 비웃는 얼굴로 건들거리며 다가왔다.

"수진이한테 선물 준 거야? 너 수진이랑 사귀냐?"

"그게 무슨 말이야? 지우개를 돌려주었을 뿐이야."

"근데 수진이 지우개를 네가 왜 가지고 있어? 훔친 거 아니야?"

"내가 왜 훔쳐? 그리고 훔쳤다면 돌려주지 않았을 거 아냐."

"아니지. 훔쳤다가 찔려서 뒤늦게 돌려줄 수도 있으니까."

"말이 되는 소리를 해라."

호민이는 기분이 상했는지 날 째려보았다.

"아니면 수진이랑 친해지려고 슬쩍 빼놓았다 돌려주는 척하고 말을 건 것일 수도 있고."

비꼬는 말을 하자 또 입이 다물어지려고 했다.

그 순간 말대꾸 학원 선생님이 탁구하며 한 말이 떠올랐다.

"공을 치다 보면 세게, 좀 거칠게 오는 공도 있어. 그땐 거기 맞춰 대응할 줄 알아야 해. 당황하지 말고."

'그래. 지금 이 공은 거친 공이야. 그러니까 좀 세게 맞받아 쳐야 해.'

"네 눈에는 모든 게 나쁘게만 보이냐?"

"아니, 네 진심이 보일 뿐인데?"

"억지 그만 쓰고 남 일에 상관 마. 네 일이나 신경 쓰라고."

호민이는 화가 나 돌 씹은 얼굴로 말했다.

"너 왜 이렇게 말을 잘해? 뭐라 하면 어, 으, 하던 외계인이 종달새가 되었네."

호민이는 성이 차지 않는지 덧붙였다.

"아니다. 종달새는 좀 그렇고, 딱딱 쪼는 딱따구리가 되었어."

"맞아. 난 상대가 좋은 말을 하면 종알종알 종달새가 되고, 나쁜 말을 하거나 시비를 걸면 딱딱 쪼는 딱따구리가 되거든. 딱따구리한테 쪼일 수 있으니 조심해."

"뭐야? 진짜?"

호민이만 놀란 게 아니다. 나 자신도 놀랐다. 전에는 누가 기분 나쁘게 말하면 말문이 막혔는데 톡톡 받아쳤으니까. 그때그때 받아치니 억울한 게 남지 않았다.

'나도 되는데?'

기분이 좋아져 집에 왔다.

'기분도 좋은데 게임 한 판 할까?'

무엇이든 만들고 부술 수 있어 좋아하는 게임이다. 성을 만들고 있는데 엄마가 들어왔다.

"서준아, 이제 숙제해야지."

"엄마는 공부밖에 몰라."

"엄마가 왜 공부밖에 몰라?"

"매일매일 공부하란 말만 하잖아요."

"게임 많이 하면 안 좋아."

"엄마도 티브이 많이 보잖아요. 너튜브도 엄청 보고."

나도 모르게 꼬박꼬박, 또박또박 말대꾸하고 있었다. 엄마는 머리가 아픈지 고개를 흔들었다.

"엄마도 밥하기 싫다고 했죠? 저도 공부하기 싫을 때 많아요."

엄마는 말대꾸 학원, 아니 스피치 학원에 갔다. 말대꾸 학원이란 건 선생님과 나만의 비밀이니까. 엄마는 여전히 언어학 박사이고 아나운서 출신인 선생님이 운영하는 스피치 학원인 줄 알고 있으니까.

"말이 느는 것 같긴 한데 자꾸 말대꾸를 해요. 말대꾸하는 재미에 빠졌나 봐요."

"어릴 때는 대꾸하면서 말이 늘기도 해요."

"말려야 하는 것 아닌가요? 밖에 나가 어른들한테 말대꾸할까 염려도 되고요."

"말을 가르치면서 예의도 가르치고 있으니 너무 걱정하지 않으셔도 돼요. 지금은 지켜보는 게 필요해요."

말대꾸 끝판왕을 찾아라!

컴퓨터를 들여다보던 선생님이 말했다.

"어, 이런 재미있는 이벤트가 있네. 말대꾸 끝판왕을 찾는 대."

"말대꾸 끝판왕이요? 끝판왕이 뭔데요?"

"마지막 판에 볼 수 있는 왕이란 뜻이니 가장 뛰어난 사람을 찾는다는 말이지. 서준이 너 한번 나가 볼래?"

순간 선생님이 의심스러웠다. 말대꾸 학원이라고 할 때부터 좀 수상하긴 했지만.

'이런 대회가 있나? 이런 대회에 나가도 되나?'

꼬리를 무는 생각에 빠져 암말 안 하고 있자 선생님이 말했다.

 "너무 심각하게 생각할 것 없어. 말대꾸 끝판왕을 찾는다니 재미있잖아. 말대꾸는 마침 우리가 공부하기도 했고. 이런데 나가 겨뤄 보는 것도 좋을 것 같은데."

 "전 그런 데 나갈 정도로 말을 잘하지 못하잖아요."

 "상을 타려고 나가는 게 아니야. 구경만 해도 재미있을 것 같은데, 참가하면 얼마나 색다른 경험이야."

 선생님은 내 대답을 기다렸다.

 '엄마한테는 말해야 하나 말하지 말아야 하나. 엄마가 알면 뭐라고 할까?'

 선생님은 내 생각을 자르려는 듯 말했다.

 "시간이 없어. 대회가 바로 내일이거든."

 선생님의 간절한 눈빛에 말했다.

 "그럼 나가 볼게요."

 대회는 너튜브 촬영 장소에서 열린다고 했다. 그리고 인터넷으로 실시간 중계된다고 했다.

선생님과 함께 너튜브 사무실에 갔다. 예상과 다르게 사람들이 바글바글했다.

나는 당연히 어린이 부분에 참가했다.

참가자들은 진짜 말을 잘했다. 말대꾸 머신, 말대꾸 AI 로봇이 총출동한 듯 말이 끊기지 않았다. 말이 세고 입이 셌다. 독한 혀들의 아무 말 대잔치, 대환장 파티가 벌어진 것이다.

그래선지 실시간 댓글이 뜨겁게 올라왔다. 댓글까지 챙겨보면서 그때그때 상황에 맞게 대꾸하는 참가자도 많았다. 그러다 보니 조회 수가 10만을 넘었다.

'이런 대회가 열리는 것도 이상한데 조회 수가 10만을 넘는다니, 세상은 정말 알 수가 없어.'

하지만 이런 생각을 할 때가 아니었다.

예선 마지막으로 붙은 상대는 '모두까기 인형'이었다.

'닉네임이 호두까기 인형도 아니고 모두까기 인형이라니.'

모두까기 인형은 못마땅한 눈빛으로 날 노려보았다. 시선으로 먼저 기를 죽이려는 작전이다.

"너, 내가 누군지 알아?"

"모두까기 인형이라며. 아무나 언제나 무조건 까고 본다는."

"근데 네가 내 상대가 된다고 생각해?"

"상대가 되니 이렇게 맞붙고 있겠지."

"너 진짜 재수 없다. 생긴 것부터가 재수 없어. 너 그 얼굴로 살고 싶냐?"

상처 주려고 작정한 듯 말을 함부로 뱉었다.

'괜히 저런 말에 상처받으면 안 돼. 그러면 쟤 작전에 말려드는 거니까.'

"넌 진짜 사람을 무조건 까고 보는구나. 그래야 성이 차냐?"

"난 모두까기 인형이니까. 그리고 말은 까야 맛이 나거든."

"까야 맛이 난다고? 말은 양파가 아니야."

"양파가 여기서 왜 나와? 여기가 중국집이야? 지금 짜장면 만들고 있냐고?"

모두까기 인형은 괜히 양파를 걸고넘어졌다.

"함부로 말하지 말란 뜻이야. 그러면 말이 아프거든."

모두까기 인형은 화가 나는지 얼굴까지 벌게져 버럭 소리를 질렀다.

"너 지금 나한테 충고하는 거야? 진짜 이럴 거야?"

그때 날카로움의 끝판왕인 '불의 심판' 심사위원석에서 '삐'

소리가 났다. 그러고는 날 가리켰다. 내가 이긴 거다.

궁금해서 선생님께 속삭였다.

"선생님, 왜 제가 이긴 거예요?"

"상대가 나쁜 말을 해도 네가 재치 있게 받아쳤잖아. 거기다

모두까기 인형은 제 화에 스스로 무너지고. 그러니 네가 좋은

점수를 받을 수밖에."

독사의 혓바닥

결승전을 앞두고 1시간 휴식 시간이 주어졌다. 물을 마시며 쉬는데 한 아이가 독기 서린 눈빛으로 나를 쏘아보았다.

"선생님, 쟤 왜 저러는 거예요?"

"응, 쟤가 바로 '독사의 혓바닥'이야. 잠시 뒤 너와 맞붙기로 되어 있는."

선생님은 내 어깨에 손을 얹고 말했다.

"마음 편히 가져. 꼭 이길 필요 없잖아. 재미있는 경험이 될 것 같아서 나온 거니까 그냥 즐기라고."

독사의 혓바닥은 뱀 눈깔로 날 째려보며 대뜸 뇌까렸다.

"결승전에서 이렇게 애송이를 만나다니 실망이네."

첫 마디부터 공격을 퍼부었다. 기세에 눌리고 싶지 않아 말했다.

"독사의 혓바닥이라더니 넌 진짜 독사 같다."

"넌 개구리처럼 보여. 독사 앞의 개구리. 으하하."

"나쁜 말 하기 없기다. 그건 실력이 없다는 뜻이니까."

"독사 앞에서 어디 감히 말대꾸해? 한 입 거리도 안 되는 개구리가 건방지게. "

기분 나쁜 말을 들으면 조개처럼 입이 닫히는 증상이 또 나타났다.

관중석에 앉아 있는 선생님이 그러지 말라고 팔을 X자로 벌려 보이고, 어서 말하라고 입을 뻐끔거리고, 용기를 주려고 눈을 깜박거리고, 고개를 끄덕거렸다. 어서 어떤 말이든 해야 했다. 대화가 끊기면 지는 거니까.

"건방진 건 너 같은데?"

"뚫린 입이라고 함부로 지껄이지 마. 그럼 네 입 썩어. 거무튀튀한 걸 보니 벌써 썩기 시작했는데?"

독사의 혓바닥은 매섭게 독을 쏘아댔다.

독가스를 마신 것처럼 생각이 흐려지고 입이 움직이질 않았다. 대꾸는커녕 고개까지 꺾여졌다. 살짝 댓글 창을 보니 난리가 나 있었다.

⋮

K 독사의 혓바닥에서 독이 철철 넘치고 있어.

P 입에 자물쇠를 채워야 해.

L 맞아. 근데, 누가?

Y 당연히 개구리가 해야지. 쉽지 않겠지만.

정신을 차리려고 머리를 흔들었다.

'여기서 물러나면 안 돼. 그럼 제대로 대꾸하지 못하고 온 날처럼 잠을 못 자고 억울해할 거야.'

"나쁜 말을 한다는 건 자신이 나쁘다는 뜻인 것 몰라?"

"뭐라고? 아, 짜증 나."

독사의 혓바닥은 고개를 홱 돌리더니 '불의 심판'이 앉아 있는 심사위원석에 대고 말했다.

"이미 게임 끝난 것 아니에요? 이런 시시한 게임을 언제까지 해야 하죠?"

그러자 '불의 심판'이 경고했다.

"게임은 끝날 때까지 끝난 게 아닙니다. 참가자는 대회에 집중하도록 해요."

독사의 혓바닥이 붉으락푸르락할 줄 알았다. 성깔이 사나운 애로 보였으니까. 하지만 눈웃음까지 지으며 말했다.

"사실 난 너 좋아해."

어이없게도 앞뒤 없는, 괴상망측한 말을 했다. 아무 말이나

막 던져 내 입을 닫으려는 작전이었다.

난 당황했지만, 아무렇지 않은 척했다.

"뱀이 개구리를 좋아한다니 놀랍다?"

"끝나고 요 앞 공원에서 놀다 가자."

"놀다 나 먹어 치우는 거 아니야?"

"으하하. 어떻게 알았어? 뱀은 개구리를 보면 참을 수 없거든. 벌써 겁에 질린 얼굴인데? 그러니 안 가겠구나. 아니 못 가겠지."

독사의 혓바닥은 슬슬 약을 올렸다.

"아니야. 갈 거야."

"네 목숨이 달렸는데 가겠다고?"

"응, 갈 거야. 그런데 너 그거 알아? 아까 올 때 보니까 공원 입구에서 고양이가 뱀을 잡고 있던데. 그 고양이는 뱀 잡는 게 취미인가 봐. 잡아놓은 뱀이 두 마리나 있더라고. 널 엄청 반길 텐데 어서 가자."

나도 얄미운 말투로 이죽거렸다.

부글부글
뭐라고?
아, 짜증 나.
뽀
목숨이 달렸는데
가겠다고?
이미 게임 끝 아니에요?
뱀은 개구리를 보면
참을 수 없거든.
벌써 겁에 질린
얼굴인데?
그러니 안 가겠구나.
아니 못 가겠지?
게임
뭐지?
끝나고 요 앞 공원에서
놀다 가

대주세요
이런 시시한
야옹~게임
오잉
야옹
못하겠어요
으아악
야옹
아니야
갈거야
고양이는 뱀을 잡지 않는다던데?
그 고양이 뱀 잡는게 취미인가 봐.
언제까지 해야하죠?
잡아 놓은 뱀이 두 마리나 있더라고.
어서 가자

"너 지금 나 갖고 노는 거야? 내가 네 장난감이야?"

제 말투에 맞춰 대꾸했을 뿐인데 독사의 혓바닥은 빽 소리를 질렀다.

하지만 화를 내 점수를 잃었다고 생각하는지 갑자기 딴말을 했다.

"이 대회까지 나왔는데 넌 왜 그렇게 말을 못 해? 마음속에 할 말 있으면 털어놔. 다 털어놓으라고."

내가 말을 못 한다고 몰아붙여, 심사위원의 판단을 흐리려는 작전이었다.

"마음이 뭐 먼지냐? 다 털어놓게."

그때 '삐' 소리가 들렸다. 게임 끝이라는 신호였다.

결과는 내일 공개한다고 했다. '불의 심판' 심사위원들의 점수와 함께 댓글 창의 반응, 호응 점수를 합치려면 시간이 필요하니까.

내가 말대꾸 끝판왕이라고?

전화가 왔다. 말대꾸 학원 선생님이었다.

"서준아, 너튜브 봤어? 방금 영상이 올라왔는데 네가 1등

했던데?"

"제가요? 말도 안 돼요."

"어서 들어가 봐."

재빨리 너튜브를 켰다. 정말 내가 1등이었다. 흥분을 가라

앉힐 수 없었다.

"엄마, 이것 좀 봐요. 제가 1등을 했어요."

1등이라는 말에 놀란 엄마가 재빨리 컴퓨터 앞으로 왔다.

"1등? 뭐한 건데 네가 1등을 해?"

"말대꾸 대회가 있었는데 제가 1등을 했단 말이에요. 여기 제 이름도 있고, 심사평도 있어요."

잔뜩 기대에 부풀었던 엄마 얼굴이 차갑게 식었다.

"말대꾸 대회라고? 학원 선생님이 널 데리고 나간 거야? 말 잘하라고 스피치 학원 보냈더니 말대꾸 쌈닭을 만들면 어떡해."

먼저 엄마를 진정시켜야 했다.

"하고 싶은 말을 바로바로 못해 속상해하던 내가 말대꾸 끝판왕이 된 건 그래도 대단한 것 아니에요?"

"대단하기보다 이해가 안 되는데?"

"사실 저도 그래요. 결승전에서 만난 독사의 혓바닥한테 엄청 당했거든요. 그런데 1등이라니."

"뭐라 했는지 심사평이나 한번 보자."

'불의 심판'은 독사의 혓바닥과 내 점수를 공개했고, 마지막으로 내가 1등으로 뽑힌 이유도 밝혔다.

"엄마, 여기 상품도 있어요!"

"참 나, 그런 대회가 있다는 것도 이해가 안 되는데 상품이 있어? 뭔데?"

"마이크요."

"마이크?"

"말대꾸는 대개 일대일로 말하는 거잖아요. 앞으론 여러 사람 앞에서도 말을 잘하라는 뜻이래요."

"그건 좋네. 여러 사람 앞에서도 말을 잘하면 좋잖아."

엄마는 그제야 좀 진정이 되는지 화를 풀고 말했다.

"잘하긴 잘했나 보네. 하지만 스피치 학원 선생님이 도대체 무슨 생각으로 널 그런 대회에 데리고 나갔는지 진짜 이해가 안 된다. 오늘 가서 얘기 좀 들어봐야겠어."

엄마는 상담실로 들어가 선생님과 한참 얘기를 하고 나왔다. 나는 걱정되어 말했다.

"엄마, 선생님하고 싸웠어요?"

"아니. 근데 큰일났어."

"큰일이라뇨?"

"너 그만 오래."

너무 놀라서 선생님 방으로 달려 들어갔다.

"왜요? 왜 그만 와요? 더 다니고 싶은데."

"넌 말대꾸를 하지 못해 여기 왔고 대회에 나가 끝판왕까지 되었으니, 목표를 이룬 거잖아. 그리고 그동안 열심히 했으니 쉬는 것도 필요해. 사실 말대꾸가 무기도 아니고 자랑도 아니잖아. 그보다는 겸손이 필요하지. 앞으론 말할 때 유머와 재치를 더 섞어 봐. 말대꾸 학원, 말대꾸 끝판왕 그런 거 다 잊어버리고 하루하루 즐겁게 살라고."

선생님이 하루아침에 싹 변하니 당황스러웠다.

돌아오면서 엄마는 불퉁거렸다.

"참 특이하고 이상한 학원이야. 학생을 그런 데 데리고 나가질 않나, 그만 오라고 하질 않나."

어쨌든 난 그렇게 학원에서 쫓겨났다.

새로운 개그맨 탄생

선생님 말씀대로 말대꾸 대회에 나간 건 잊기로 했다. 사실 말대꾸 학원에 다닌 것까지 실제로 있었나, 꿈을 꾼 건 아닌가 하는 생각마저 든다. 엉뚱하고 특이한 경험이라서.

그런데 말대꾸까지 잊어야 하는지는 모르겠다. 어느 땐 필요하니까. 내가 상처받지 않게, 속상하지 않게 막아 주는 방패이기도 하니까. 하고 싶은 말을 하지 못하고 침대에서 끙끙 앓는 것보다는 대꾸하는 게 나으니까.

문제는 내 말대꾸로 남이 상처받을 수 있다는 거다. 그러니 진짜 말대꾸는 어려운 것 같다. 어떻게 하고, 언제 하고, 어디까지 해야 할지 아직도 잘 모르겠다.

'우리 말인데도 왜 이렇게 어려운지 모르겠어.'

엄마는 핑퐁 핑퐁 주고받는 내 말대꾸 버릇과 실력이 걱정되는지 자꾸 말한다.

"서준아, 말만 잘해도 떡이 생긴다고 하잖아."

"저는 떡 먹고 싶지 않아요."

"말만 잘해도 천 냥 빚을 갚는다고 하잖아."

"어떡해요? 전 빚이 없는데."

"또, 또, 시작이다. 자꾸 말대꾸하려고 하지 마. 말만 잘해도 인생이 달라진다니까."

"인생이 달라지면 안 돼요. 엄마 아들 김서준이 다른 애로 변하면 되겠어요?"

"내가 진짜 말문이 막히네. 말을 못 하겠어."